Saltar la escoba

escrito por Candy Grant Helmso

ilustrado por Joanne Friar

traducido por Dr. Alberto Romo

Richard C. Owen Publishers, Inc.
Katonah, New York

Hoy se casó la hermana de Tyrick.

La familia y los amigos fueron
a la iglesia.
Todos estaban muy elegantes.

3

Tyrick se sentó al lado de su madre y de su padre.

En el altar, la novia y el novio prometieron
amarse y cuidarse el uno al otro.

Luego, el tío de Tyrick puso una escoba en el piso.

Los novios se tomaron de las manos.

Saltaron juntos por encima
de la escoba.

—¿Para qué es la escoba?
—preguntó Tyrick.

—Antiguamente, algunos de nuestros antepasados no tenían derecho a casarse legalmente —dijo la mamá de Tyrick.

Entonces, unían las manos, saltaban sobre una escoba, y esa se convictió en su forma secreta de casarse.

—Pero, ¿por qué lo hacemos ahora?
—preguntó Tyrick.

—Lo hacemos para honrar a nuestros antepasados y así se bendice el matrimonio —dijo el papá de Tyrick.